LE VAGABOND DES LIMBES

LES LOUPS DE KOHM

TEXTE DE GODARD

DESSINS DE RIBERA

Mise en couleur : CHAGNAUD

DARGAUD EDITEUR

PARIS • BARCELONE • BRUXELLES • LAUSANNE • LONDRES • MONTREAL • NEW YORK • STUTTGART

Dépôt légal : Avril 1988 - N° 8068
ISBN 2-205-02960-6
ISSN 0758-4660

Imprimé en France en Mars 1988 par Ouest Impressions Oberthur - 35000 Rennes

Printed in France

CHIMEEEERRR
LE CRI, COMME UN HURLEMENT D'AGONIE, AVAIT RÉSONNÉ PARTOUT DANS LES VISCÈRES DE KÖHMÉDY L'ANCIENNE, (1) S'ÉTAIT LONGUEMENT RÉPERCUTÉ AU PLUS PROFOND DES ENTRAILLES DE LA PLANÈTE ET, TOUT COMME UN ESPOIR FOU, IL REFUSAIT DE S'ÉTEINDRE...
EERRRRRR
(1) Lire "Le masque de Köhm."
...MAIS IL N'AVAIT SURPRIS PERSONNE, CAR DÉJÀ LA NOUVELLE, AVANT MÊME QUE LA CHOSE NE SE FÛT PRODUITE, S'ÉTAIT RÉPANDUE. PARTOUT, DANS TOUS LES RECOINS DU VIEUX MONDE DES "77 DEGRÉS" (2), ON SAVAIT!
(2) Sur Köhmédy, entre la surface et le noyau central, on a dénombré 77 étages indépendants les uns des autres.
1/12

...CHEZ LES GOBEURS DE "CHOUMILLES" DES ENTREPORTS ANCIENS... (1)
(1) Effacés du 6° degré.

...CHEZ LES PUSTULARVAIRES DES "ECHANGEURS MOITES"... (2)
(2) Effacés du 14° degré.

...CHEZ LES PURULENTS DES "GRANDES CAVERNES HURLANTES"... (3)
HOUHOUUUWWWWOUUUFFFF...
(3) Effacés du 37° degré.

2/12

...CHEZ LES "RAMPANTS FLASQUES" DES LOINTAINS DÉVERSOIRS À ÉCROUELLES... (1)
(1) Effacés du 51° degré.
...ET MÊME LÀ OÙ LA PHOSPHORESCENCE N'EST PLUS QU'UNE MISÉRABLE BRILLANCE, PRESQUE UN SOUVENIR, AU FIN FOND DES TERRIBLES "GALERIES BASSES" OÙ SE TERRENT LES "DERNIERS VISQUEUX" (2)
(2) Effacés du 65° degré.
...DE BOUCHE...
...À OREILLE...
...ON SE RÉPÉTAIT LA MÊME PHRASE...
DEUX ASSASSINS TOMBENT DANS LE PUITS CENTRAL.
AAAAH... OUI ?
3/12

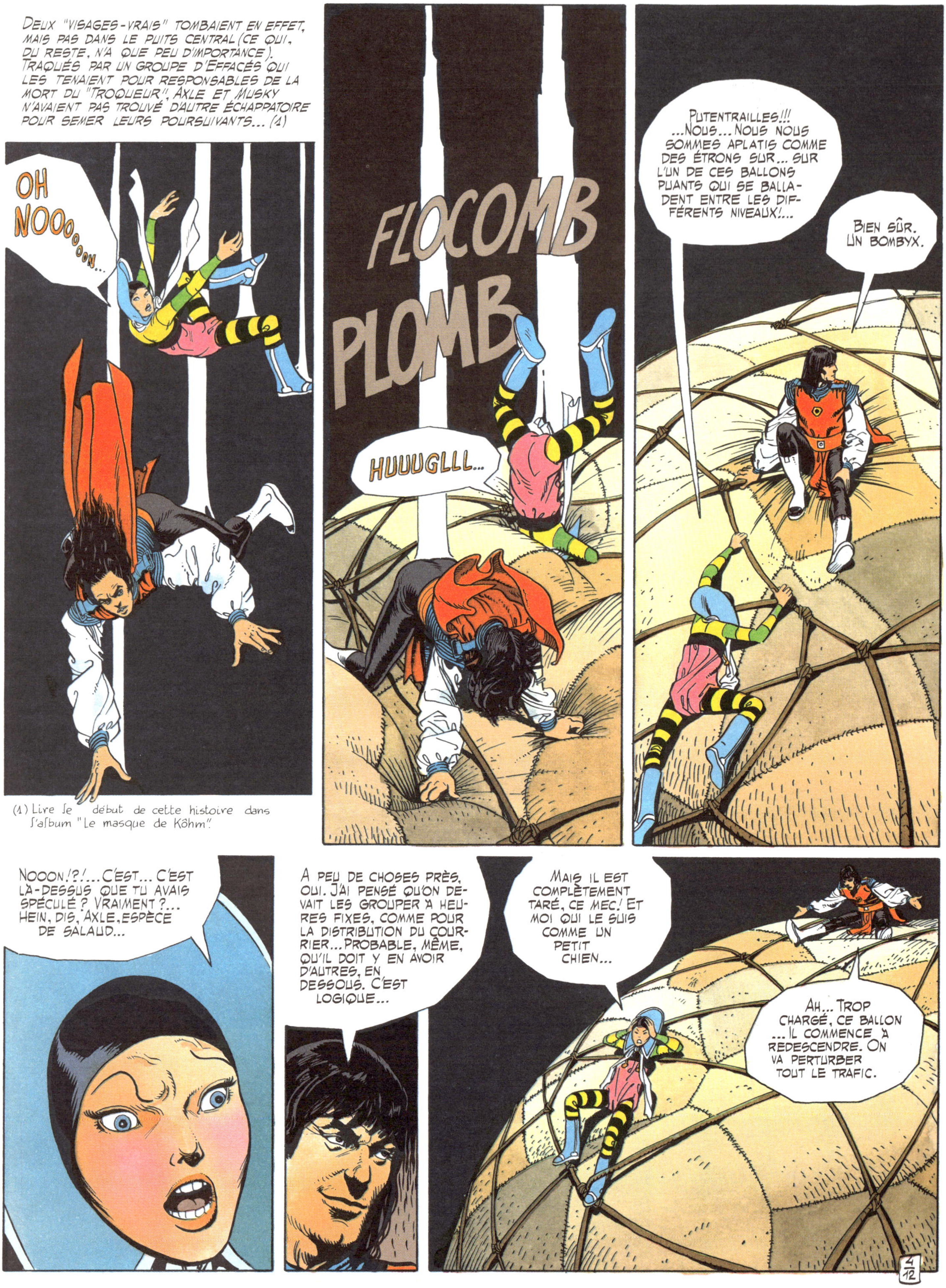

(1) Lire le début de cette histoire dans l'album "Le masque de Kôhm".

REGARDE DE TON CÔTÉ, JE FAIS DE MÊME DU MIEN... DÈS QUE L'UN DE NOUS APERÇOIT UNE PLATEFORME, ON DESCEND EN MARCHE...
C'EST ÇA. TU PARLES D'UNE TECHNIQUE !
J'AI MIEUX À TE PROPOSER. TOI, TU NE BOUGES PAS DE LÀ !... MOI, JE VAIS ME GLISSER LE LONG DES CORDAGES JUSQU'À LA HAUTEUR DE LA NACELLE...
...DÈS QUE J'Y SERAI PARVENUE, J'AURAI PLUS DE FACILITÉ POUR ME BALANCER...
...ET PRENDRE PIED SUR UN NIVEAU. AUSSITÔT QU'IL EN PASSERA UN...
?!?
AXLE, À MOI !?!... IL Y A QUELQU'UN QUI ME TIRE PAR LES PIEDS !!!
HEIN ?
ARRÊTEZ DE HURLER COMME CELA, S'IL VOUS PLAÎT ! LES BRUITS RÉSONNENT INTERMINABLEMENT AU COEUR DU NOYAU... CHUCHOTEZ, ÇA SUFFIT.

JE HURLERAI SI JE VEUX !... ET, FOUTREPUT ! LÂCHEZ TOUT DE SUITE MA CHEVILLE !!!
C'EST QUE J'AVAIS PEUR QUE VOUS NE TOMBIEZ, MA PETITE DEMOISELLE...
QUI QUE VOUS SOYEZ, JE NE SUIS PAS VOTRE PETITE DEMOISELLE, ESPÈCE DE VIEUX SCHNOCK !
OUI, AU FAIT ! QUI ÊTES-VOUS ?
HUM !... PAR ICI, ON M'APPELLE "LE FOUINEUR"... AILLEURS, "LE FURET"... AUTRE PART "LE FURETEUR"... ET PLUS LOIN, AUTREMENT. MAIS QU'IMPORTE ? NOUS SOMMES NOMBREUX À NOUS PARTAGER CES MULTIPLES SURNOMS...
TIENS DONC ! "LE FOUINEUR", HEIN ? COMME ÇA SE TROUVE... ET QUE FAITES-VOUS LÀ, MON VIEUX ?
COMMENT POUVEZ-VOUS EN DOUTER ? JE VEILLE SUR VOUS, MONSIEUR... ET CE N'EST PAS UNE MINCE AFFAIRE...
...CAR SI JE N'AVAIS PAS EU PROVIDENTIELLEMENT SOUS LA MAIN, À LA HAUTEUR DU 76° DEGRÉ, UN BOMBYX TOUT GONFLÉ POUR STOPPER VOTRE CHUTE DANS LE PUITS, VOUS SERIEZ TOUS LES DEUX EN TRAIN DE PASSER UN SALE QUART D'HEURE DANS CE QU'ON APPELLE PAR ICI...
..."LE LAC AUX ÉLÉPHANTACULES"... AUTREMENT DIT, LA GUEULE DE L'ENFER, MONSIEUR !
6/12

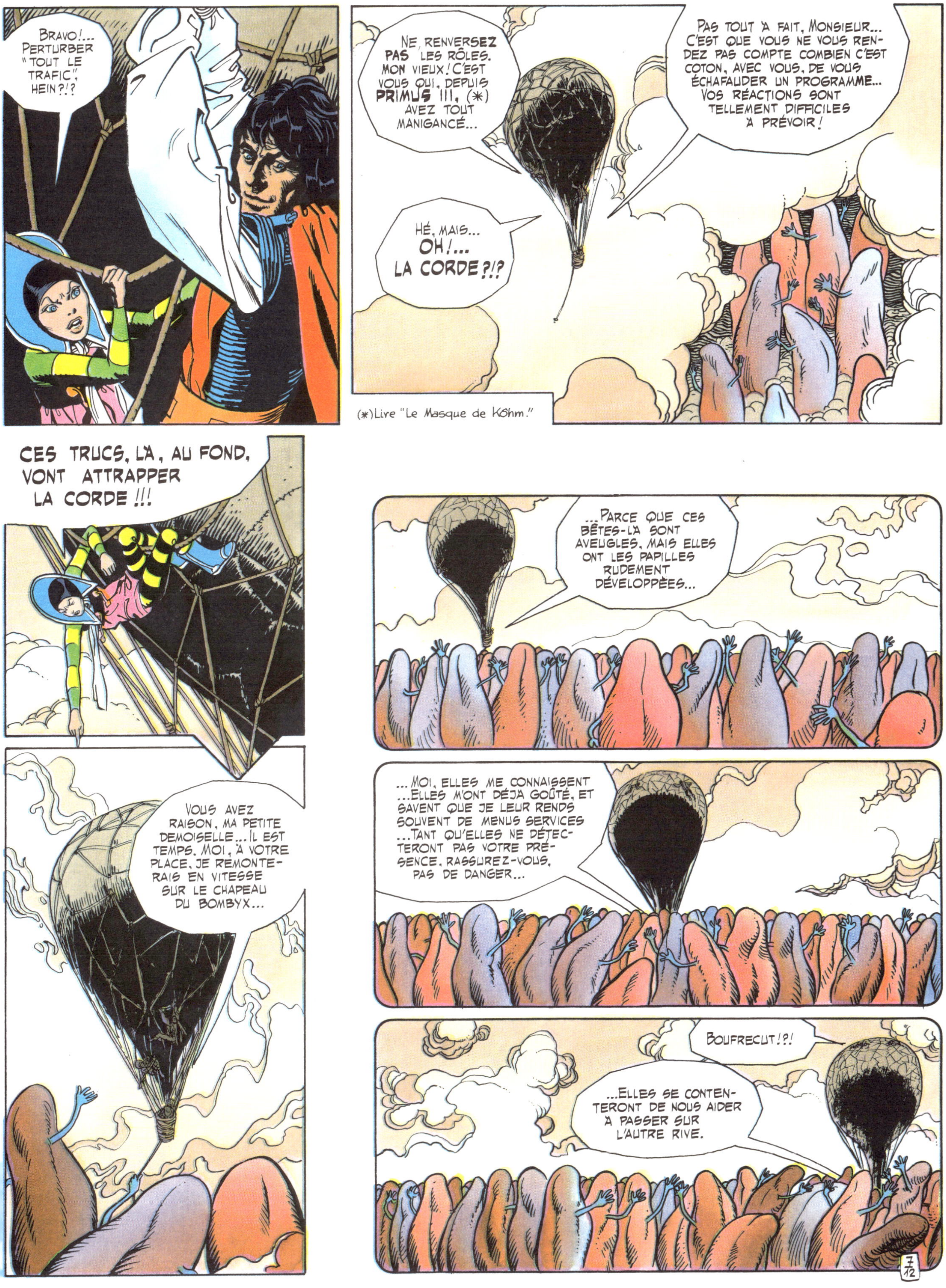
BRAVO !... PERTURBER "TOUT LE TRAFIC", HEIN ?!?
NE RENVERSEZ PAS LES RÔLES, MON VIEUX ! C'EST VOUS QUI, DEPUIS PRIMUS III, (*) AVEZ TOUT MANIGANCÉ...
PAS TOUT À FAIT, MONSIEUR... C'EST QUE VOUS NE VOUS RENDEZ PAS COMPTE COMBIEN C'EST COTON, AVEC VOUS, DE VOUS ÉCHAFAUDER UN PROGRAMME... VOS RÉACTIONS SONT TELLEMENT DIFFICILES À PRÉVOIR !
HÉ, MAIS... OH !... LA CORDE ?!?
(*) Lire "Le Masque de Köhm."
CES TRUCS, LÀ, AU FOND, VONT ATTRAPPER LA CORDE !!!
...PARCE QUE CES BÊTES-LÀ SONT AVEUGLES, MAIS ELLES ONT LES PAPILLES RUDEMENT DÉVELOPPÉES...
VOUS AVEZ RAISON, MA PETITE DEMOISELLE... IL EST TEMPS. MOI, À VOTRE PLACE, JE REMONTERAIS EN VITESSE SUR LE CHAPEAU DU BOMBYX...
...MOI, ELLES ME CONNAISSENT ...ELLES M'ONT DÉJÀ GOÛTÉ, ET SAVENT QUE JE LEUR RENDS SOUVENT DE MENUS SERVICES ...TANT QU'ELLES NE DÉTECTERONT PAS VOTRE PRÉSENCE, RASSUREZ-VOUS, PAS DE DANGER...
BOUFRECUT !?!
...ELLES SE CONTENTERONT DE NOUS AIDER À PASSER SUR L'AUTRE RIVE.
7/12

VOUS ÊTES VRAIMENT SÛR QUE...
CHHH...
...IL A DIT "AVEUGLES." PAS SOURDES.
AXLE, REGARDE!... ÇA Y EST!... JE CROIS QUE NOUS SOMMES SORTIS DE CE LAC AUX CORNECULS, LÀ...
ELÉPHANTACULES, PETIT CLOWN!... OUI, JE LE CROIS AUSSI...
N'EST-CE PAS ?
C'EST CURIEUX, IL... IL NE RÉPOND PAS!?!
...ET... MAINTENANT, SAUTEZ! VITE! SAUTEZ! DANS QUELQUES SECONDES IL SERA TROP TARD!...
SAU... AAAH LES SALOPES!!
?!?
?
FLOUUUSSCHHH...

PUTASCOPE ! LE BALLON... IL VIENT DE NOUS CLAQUER DANS LES DOIGTS !!!... JAMAIS RIEN SENTI D'AUSSI... BOUAH... RÉPUGNANT...
AÏE ! NOUS PERDONS RAPIDEMENT DE L'ALTITUDE...
BON, ALORS, QUOI FAIRE ? ...ON SAUTE SANS ATTENDRE ?
TROP TARD!...
LÂCHEZ-MOI, CHAROGNERIES !
...IL NE SUFFIT PAS DE CROIRE... IL FAUT AUSSI CROIRE...
...À TEMPS !
AAAAAH... ARGLPT !
AXLE ! TU AS ENTENDU ?... CE CRI D'AGONIE, C'ÉTAIT LA VOIX...
...DU FOUINEUR, OUI. PAR LES DIEUX, REGARDE LÀ-BAS !
JE NE SAIS PAS CE QUE C'EST, MAIS TANT PIS. C'EST MAINTENANT OU JAMAIS. ACCROCHE-TOI !
HEIN ?!?
9/12

PRESSE-TOI UN PEU D'ASSURER TA PRISE, CUL DE PLOMB !
POUAH !... C'EST MOU, HUILEUX, VISQUEUX, ET COMPLÈTEMENT GLACÉ...
C'EST TOUT DE MÊME MIEUX QUE RIEN. REGARDE EN BAS !
BÊHEEE...
FLACHH
FLOSK
FROOSHH
VOILÀ QUI RÈGLE LA QUESTION AVANT MÊME QU'ON NE SE LA SOIT POSÉE... INUTILE DE PENSER À DESCENDRE, PETIT CLOWN. IL FAUT MONTER !
JE SUIS FATIGUÉE, AXLE...
...QUAND CESSERAS-TU DE COURIR AU TRAVERS DES UNIVERS LES PLUS FOUS, AXLE ?
JE NE SAIS. QUAND MES GLANDES ME LAISSERONT EN PAIX, SANS DOUTE...
ALORS, BÉNI SOIT LE JOUR OÙ TES FOUTUES GLANDES TE TOMBERONT DU CORPS COMME FIGUES POURRIES D'UNE BRANCHE MORTE !
10
12

CAUSE TOUJOURS MON BONHOMME... EN FAIT DE BRANCHE MORTE, TIENS! CELLES-CI VONT TE SURPRENDRE...
PUTENTRAILLES!... ÇA VIBRE SOUS LA MAIN, ET ÇA PALPITE À COUPS RÉGULIERS, ET J'AI L'IMPRESSION D'ÉTREINDRE DES VISCÈRES...
OÙ SOMMES-NOUS, AXLE ?
BAH! PROBABLEMENT SUR L'UN DES CORDONS OMBILICAUX QUI NOURRISSENT LE PEUPLE DES ÉLÉPHANTACULES, J'IMAGINE...
TOUT SE PASSE COMME SI NOUS ÉTIONS DÉSORMAIS CONDAMNÉS À ERRER ÉTERNELLEMENT DANS UN CAUCHEMAR INCOHÉRENT... PLUS RIEN NE SEMBLE AVOIR DE SENS... J'AI PEUR, AXLE!
LAISSE, PETIT CLOWN... LE SENS VIENDRA PLUS TARD. TOUT FINIT TOUJOURS PAR AVOIR UN SENS ET, AU BESOIN, NOUS EN INVENTERONS UN, POUR TE PLAIRE. PRENDS MA MAIN! VIENS, CONTINUONS!
LÀ-BAS! REGARDE!... UNE LUMIÈRE!
C'EST DONC VERS ELLE QU'IL FAUT MARCHER, BIEN SÛR... ALLONS, EN ROUTE! ON VA NOUS PROPOSER UN SENS À TOUT CELA, BIENTÔT, JE LE SENS.

TU PEUX VENIR, LE SOL EST SOLIDE, ICI...
?!?
PAS AUTANT QUE VOUS LE PENSEZ. PAR ICI, MONSIEUR MUNSHINE!
BRRR... QUELLE HORRIBLE VOIX...
PLUS FAITE POUR HURLER À LA LUNE QUE POUR... OUPS!...
C'EST BIEN VU, L'AVORTON.
12/12

ALORS, MONSIEUR MUNSHINE. COMMENT TROUVEZ-VOUS MON SYSTÈME DE DÉFENSE ?
INATTENDU. UN PEU EXCESSIF, PEUT-ÊTRE ?
13/12

(*) Livre "Le Masque de Kohm."

(*) Lire le 1er épisode "Le masque de Kohm."

TOUT DÉVOUÉ, TOUT DÉVOUÉ... ALLONS, MA BELLE, N'EXAGÉRONS RIEN. HAHAHAHA...
...MAIS J'AI FAIT ALLIANCE AVEC LA GUILDE, C'EST VRAI ET, EN ÉCHANGE DU MASQUE SUBLIME J'AI PROMIS DE T'ACCORDER MON AIDE...
TU ES PUISSANT, PEUT-ÊTRE LE PLUS PUISSANT SUR CETTE PLANÈTE, À PART LE GRAND KÔHM LUI-MÊME... POURQUOI NE PAS T'ÊTRE CHARGÉ TOUT SEUL DE LA BESOGNE, LYCANTHE ?
QU'EST-CE QUE TU CROIS ?... C'EST VRAI, JE DISPOSE D'UNE ARMÉE INNOMBRABLE "LES LOUPS DE KOHM", LA PLUS BELLE COLLECTION DE TUEURS DONT ON PUISSE RÊVER ...CES DERNIÈRES ANNÉES, MES ASSASSINS ONT DÉFERLÉ SUR LE PALAIS, VAGUE APRÈS VAGUE, SANS RÉPIT... EN VAIN !
S'IL EST IMPOSSIBLE AU GRAND KÔHM D'ARRIVER JUSQU'À MOI, DE MÊME, IL M'EST IMPOSSIBLE À MOI D'ARRIVER JUSQU'À LUI ! NOUS SOMMES TROP BIEN GARDÉS TOUS LES DEUX !...
ET POURQUOI, MOI, Y PARVIENDRAIS-JE ?
LA GUILDE A DE BONNES RAISONS DE CROIRE QUE TOI, AXLE MUNSHINE, TU SERAS ÉPARGNÉ. TU N'AVAIS PAS COMPRIS ÇA NON PLUS ?... ALLONS DONC !

ASSEZ DE BAVARDAGE ! PORTONS UN DERNIER TOAST... QUE LE DIABLE BOUFFE LES TRIPES DU GRAND KÖHM, ET AIGUISE LES DENTS DE TON RATELIER, LYCANTHE !
BOUZZZZZ... KLIK
WOUUUUU
FLANG
STRONG
FIZZZZ...
HIIIII...
LE FOU ! IL A INTRODUIT PARMI NOUS UNE ARME EN FRAUDE...
NON, LUPUS ! NE FAIS PAS CA, NOOOON !
IL A DÉTRUIT LE MÉCANISME DE PROTECTION DU TRÔNE ! ...NON, IL NE VA PAS...?!?
17/2

POURQUOI NON?
À MOI LES LOUVES !!!
AYAHYY...
FLOUSHKAB!
ARPH!...
FLAAOCHTTT
KLAK
KLAK
KLAK
KLAK
KLAK
18
12

19
12

PUTENTRAILLES, C'EST BIEN NOTRE VEINE! ON N'EST PAS SITÔT ARRIVÉS QU'IL FAUT QU'ON TOMBE EN PLEIN SUR UNE RÉVOLUTION DE PALAIS...
ÇA NE POUVAIT PAS SE PASSER AUTREMENT, MA BELLE, PUISQUE C'EST NOUS QUI L'AVONS PROVOQUÉE!
MAIS QUEL CAMP CHOISIR, AXLE, S'IL FAUT CHOISIR UN CAMP?...
MIEUX VAUT FAIRE TOUJOURS CONFIANCE AUX MEILLEURS, PETIT CLOWN, MÊME CHEZ LES ASSASSINS...
PLONGEZ!
AAAFLH
FLONG
FLAKANG
PAR WOLFF LE LOUP, VOILÀ LES FLYNGUÔ QUI APPARAISSENT... ILS ONT RUDEMENT FAIT VITE! ILS DEVAIENT ÊTRE SUR LEURS GARDES... IL Y A EU DES FUITES QUELQUE PART...
EN TOUT CAS, MERCI DE NE PAS M'AVOIR CONTRAINT À ALLER VOUS CHERCHER ...TOUJOURS LA BONNE SOLUTION EN UNE FRACTION DE SECONDE, N'EST-CE PAS, MONSIEUR MUNSHINE?
JE N'AI PAS DE MÉRITE. C'EST VOUS QUI AVIEZ LE FLINGUE, ET LE MIEN EST DÉCHARGÉ.
ICI, C'EST MON ESCALIER. ILS NE SE HASARDERONT PAS À NOUS Y POURSUIVRE, ET NOUS SERONS BIENTÔT EN SÉCURITÉ. VENEZ!
20
12

(*) "Élé": éléphantacules.

VOILÀ ! ICI, VOUS SEREZ EN SÉCURITÉ... RUTH !...
OUI, MAÎTRE ?
OCCUPE-TOI D'EUX. RÉPONDS À TOUTES LEURS QUESTIONS. SATISFAIS LEUR CURIOSITÉ, LEUR APPÉTIT ET, SI BESOIN EST, LEURS SENS, DE QUELQUE FAÇON QUE CE SOIT. JE SERAI PEUT-ÊTRE LONGTEMPS ABSENT...
OUI, MAÎTRE.
LE PLUS DUR RESTE À FAIRE. SI JE NE SUIS PAS DE RETOUR DEMAIN, SAUVEZ VOTRE PEAU COMME VOUS POURREZ...
VENEZ !
?!?
FLUTAMERDE !... TOUTES CES LUMIÈRES ...CES FLAMMES LÀ-BAS ...ET CES CRÉPITEMENTS... QU'EST-CE QUE C'EST ?
LUPULOPOLIS, LA VILLE DONT MON MAÎTRE EST LE RÉGENT. LA GUERRE CIVILE VIENT DE S'Y RÉPANDRE, COMME PARTOUT AU 77° DEGRÉ, ET LE TIERS AU MOINS DE LA POPULATION, COMME LA DERNIÈRE FOIS, VA Y LAISSER LA VIE...
22/12

REGARDE, AXLE !... REGARDE BIEN !... CES MAISONS QUI BRÛLENT... CES HOMMES QUI MEURENT... TU LES ENTENDS GÉMIR ?... TOUT CELA PARCE QUE TU ES VENU.
POUR POUVOIR PASSER DE L'AUTRE CÔTÉ. TU AVAIS DIT : "N'IMPORTE QUOI, UN CARNAGE S'IL LE FAUT !"... TU TE SOUVIENS ? ...QUEL EFFET CELA TE FAIT, DIS, AXLE, DE METTRE UNE VILLE ENTIÈRE À FEU ET À SANG ?
TU VEUX VRAIMENT LE SAVOIR ?
J'AIMERAIS ASSEZ, OUI.
RUTH ?
JE SUIS LÀ.
23/12

CETTE FOIS, JE CROIS QUE JE L'AI BIEN CHERCHÉ...
TU OBÉIS TOUJOURS AINSI À TON MAÎTRE, AVEUGLÉMENT ?
IL NE ME DÉPLAÎT PAS D'APAISER TON CORPS ET D'ÉTEINDRE LE FEU DE TON ESPRIT. MAIS LES COURTISANES NE MANQUENT PAS DANS LE PALAIS POUR PRENDRE LA RELÈVE QUAND LA TÂCHE ME REBUTE...
JE VIENS DE LOIN ET JE NE SAIS RIEN DU MONDE DANS LEQUEL TU BAIGNES... QUI SONT CES HOMMES QUE TU SERS SI BIEN ?
LES SEULS QUI, SUR KÖHMÉDY, OSENT VIVRE À VISAGE DÉCOUVERT. ILS TUENT POUR SATISFAIRE LEURS BESOINS, NE RESPECTENT ACUNE LOI, SAUF CELLE DE LA FORCE. CE SONT DES LOUPS.
LE POUVOIR CENTRAL N'A JAMAIS PU LES ÉLIMINER ?
LE POUVOIR CENTRAL Y TROUVE SON COMPTE. CONSIDÈRE QU'ILS FONT PARTIE DU SYSTÈME ET... REMPLISSENT UN RÔLE INESTIMABLE... ILS... ILS CRISTALLISENT SUR EUX TOUTE L'AGRESSIVITÉ DU, HO, DU PEUPLE...
IL S'AGIT DE QUOI ?... UNE COMPLICITÉ OBJECTIVE ?
JE L'IGNORE... MAIS, À LA SURFACE, LA PAIX RÈGNE ET PARTOUT L'UNITÉ S'EST FAITE, CONTRE EUX...
REVIENS. JE N'AI PAS FINI...
PARLE-MOI DES EFFACÉS.
ENCORE ?

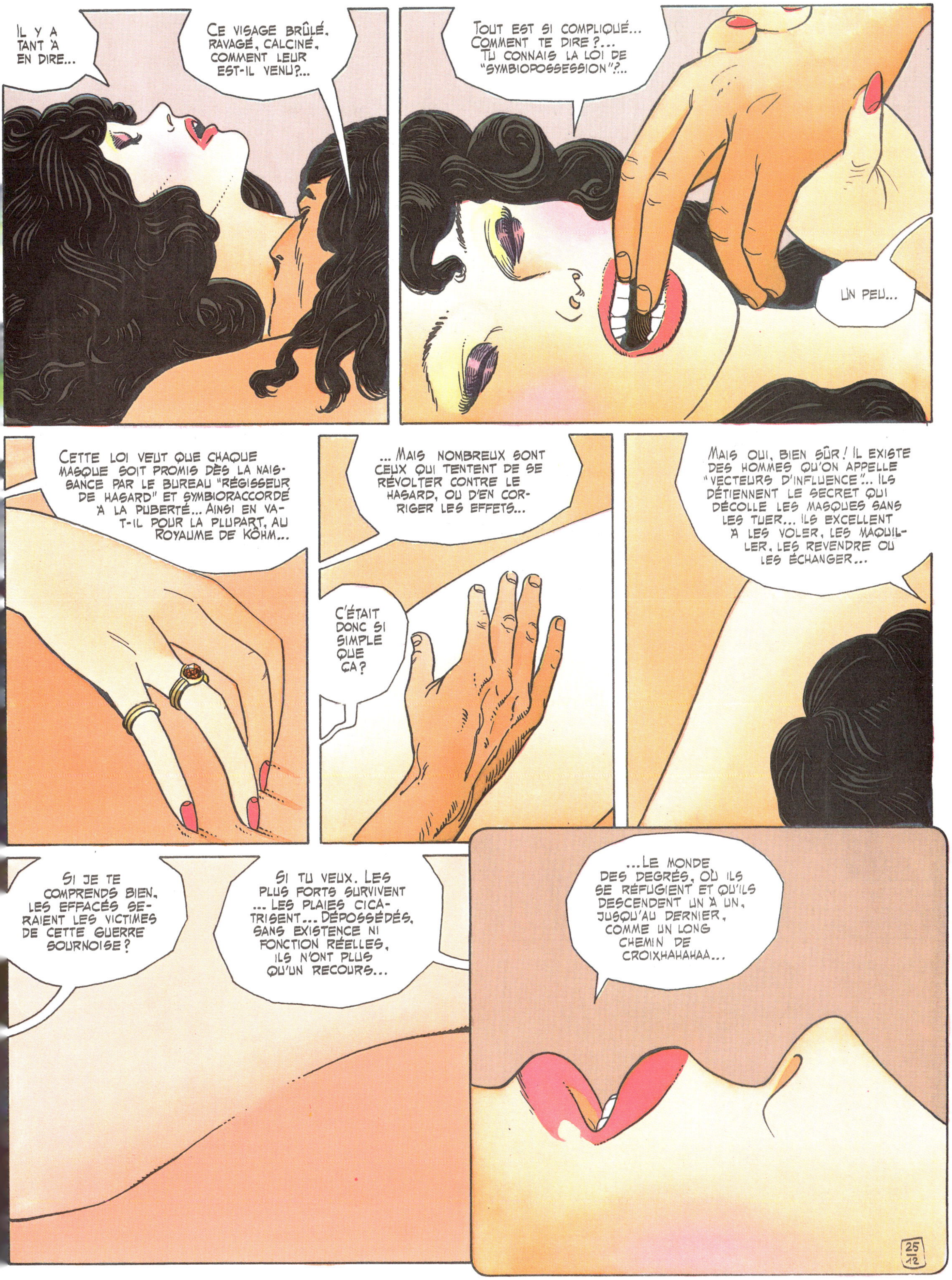
IL Y A TANT À EN DIRE...
CE VISAGE BRÛLÉ, RAVAGÉ, CALCINÉ, COMMENT LEUR EST-IL VENU?...
TOUT EST SI COMPLIQUÉ... COMMENT TE DIRE ?... TU CONNAIS LA LOI DE "SYMBIOPOSSESSION"?...
UN PEU...
CETTE LOI VEUT QUE CHAQUE MASQUE SOIT PROMIS DÈS LA NAISSANCE PAR LE BUREAU "RÉGISSEUR DE HASARD" ET SYMBIORACCORDÉ À LA PUBERTÉ... AINSI EN VA-T-IL POUR LA PLUPART, AU ROYAUME DE KÖHM...
... MAIS NOMBREUX SONT CEUX QUI TENTENT DE SE RÉVOLTER CONTRE LE HASARD, OU D'EN CORRIGER LES EFFETS...
C'ÉTAIT DONC SI SIMPLE QUE ÇA?
MAIS OUI, BIEN SÛR ! IL EXISTE DES HOMMES QU'ON APPELLE "VECTEURS D'INFLUENCE"... ILS DÉTIENNENT LE SECRET QUI DÉCOLLE LES MASQUES SANS LES TUER... ILS EXCELLENT À LES VOLER, LES MAQUILLER, LES REVENDRE OU LES ÉCHANGER...
SI JE TE COMPRENDS BIEN, LES EFFACÉS SERAIENT LES VICTIMES DE CETTE GUERRE SOURNOISE ?
SI TU VEUX. LES PLUS FORTS SURVIVENT ... LES PLAIES CICATRISENT... DÉPOSSÉDÉS, SANS EXISTENCE NI FONCTION RÉELLES, ILS N'ONT PLUS QU'UN RECOURS...
...LE MONDE DES DEGRÉS, OÙ ILS SE RÉFUGIENT ET QU'ILS DESCENDENT UN À UN, JUSQU'AU DERNIER, COMME UN LONG CHEMIN DE CROIXHAHAHAA...
25 12

(*) Nourriture synthé : une tranche de simiſiprothé entre deux tranches de simiſicéréaſ.

Tout est joué ou presque. Le temps presse, maintenant. Conduis-le, comme convenu.
Oui, maître.
Tu as vu... il... il s'est battu!
Où êtes-vous?
Il ne serait pas prudent pour moi de le dire, même sur mon propre circuit intérieur... Ne vous occupez pas de ça, et faites ce que vous avez à faire, Monsieur Munshine... Faites-le! Mais...
Vite! Parce que, là où je suis, les minutes me sont comptées...
KLIK
Venez donc!
Ainsi, tu vas "démasquer" le Grand Köhm...
C'est pour ça que je suis venu.
Tu en as les moyens? Tous ceux qui s'y sont essayés ont échoué avant toi...
La partie était truquée depuis le début, et depuis le début je l'avais deviné. S'il n'est pas celui que je pense, j'échouerai également...
Et s'il est celui que tu penses?
Alors il me laissera m'avancer jusque devant lui, sans dommages. Il m'attend, depuis longtemps. Avec impatience...
27/12

POURQUOI?
OH, PARCE QUE C'EST... DISONS, BIEN DANS SA MANIÈRE...
PARCE QU'IL EST FOU. PARCE QU'ILS SONT FOUS TOUS LES DEUX.
SI TU VEUX. MAIS AUSSI PAR CURIOSITÉ. PAR AMOUR. POUR M'AIDER À FINIR DE GUÉRIR. POUR VOIR SI J'AURAI LE COURAGE DE TIRER SANS SAVOIR...
ASSEYEZ-VOUS. NOUS ALLONS REGAGNER LA SURFACE... CE COURAGE, L'AURAS-TU ?
JE NE SAIS PAS...
C'EST RISQUÉ. POURQUOI Y VAS-TU?
PARCE QUE JE VEUX SAVOIR, MOI AUSSI. PARCE QU'IL EST DES FRONTIÈRES QU'ON NE PEUT LONGER ÉTERNELLEMENT. UN JOUR VIENT OÙ IL FAUT LES FRANCHIR, OU RETOURNER SUR SES PAS.
FOUIIIIIIIZZZZZZZ
NOUS SOMMES ARRIVÉS OU PRESQUE... AVEC LE "TRANSGLISS" DE LYCANTHE, IL EST POSSIBLE DE S'INFILTRER DIRECTEMENT À L'INTÉRIEUR DU PALAIS...
... AVEC CELUI DE LUPUS, IL VA FALLOIR TRAVERSER UNE BONNE PARTIE DE LA VILLE... VEUX-TU UN MASQUE ?
NON. POUR FAIRE CE QUE J'AI À FAIRE. CE SERAIT DÉLOYAL...
28/12

Réfléchis, voyons! Sur Kôhmédy, tout visage nu est un visage d'assassin...
Ça me plaît.
...Oui, peut-être, mais lorsqu'un assassin quitte le 77° degré et apparaît au grand jour, c'est parce qu'il vient pour tuer, violer, piller! Et la règle veut que tous se liguent pour le tuer avant qu'il ne tue... S'il te plaît! PRENDS UN MASQUE!
Décidément, non. Je suis peut-être stupide, mais je ne suis pas menteur... Adieu, Ruth!
Et toi, ma belle... Pourquoi t'exposer inutilement? Reste avec moi...
Rester avec toi?!?... Plutôt crever! JE TE HAIS!
29
12

30
12

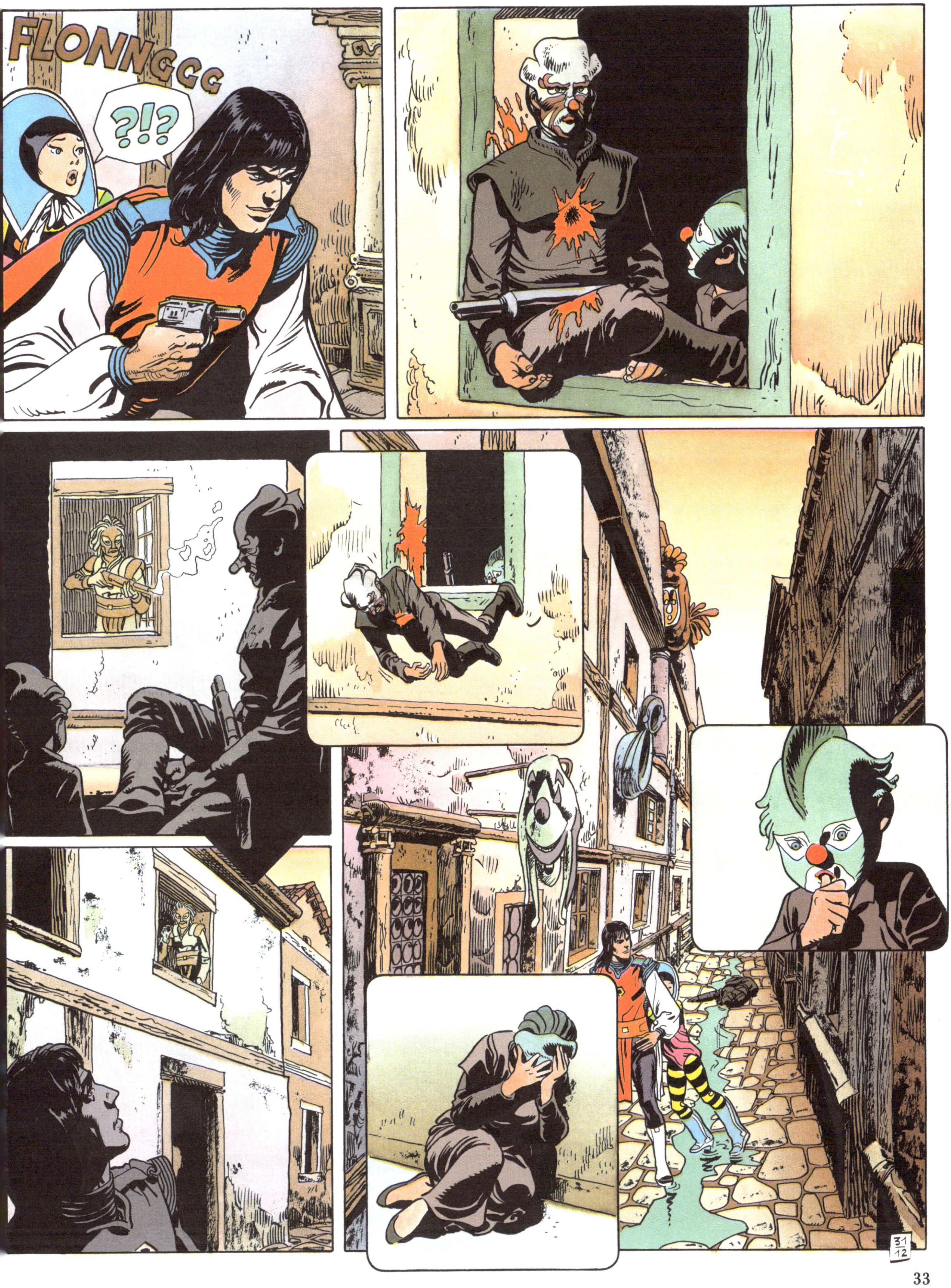
FLONNGGG
?!?
31/12

KRAK

PLAK
PAOOOWWW
SFLASKS...

IL FAUT
S'EN
EMPARER.
34
12

POWWW
KAONGG
KAONG
KAANONGG

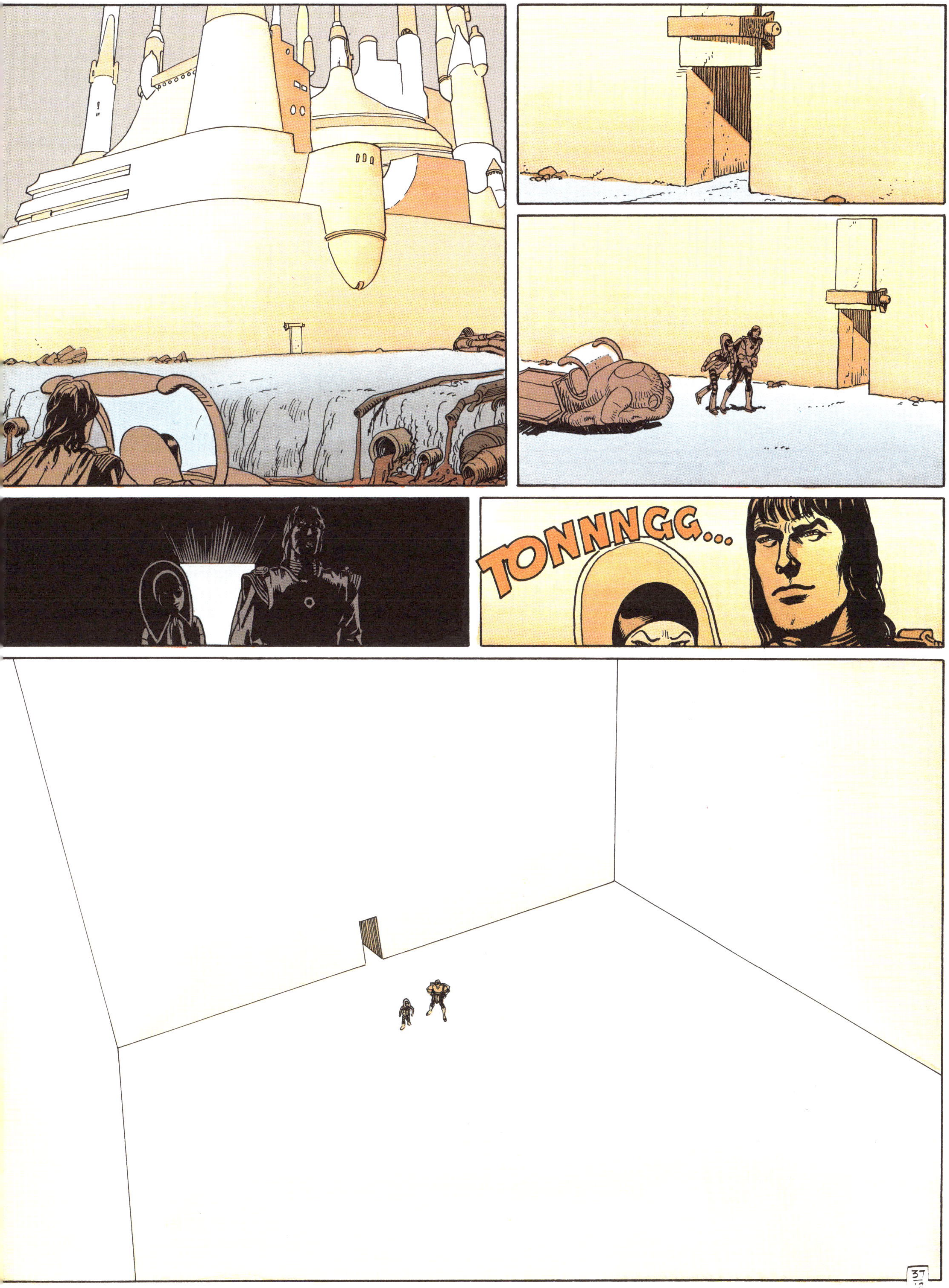
TONNNGG...

PUIS, AU CENTRE DE CE CUBE ÉTRANGE ET LISSE, CALME ET GLACÉ, TOUT S'ARRÊTA. ILS RESTÈRENT IMMOBILES DE LONGUES MINUTES... DE PARTOUT, DERRIÈRE LES MURS, DES MILLIERS D'YEUX ARTIFICIELS LES SCRUTAIENT...
GRAND KÔHM! TU M'ENTENDS?... TU M'AS FAIT VENIR! JE SUIS LÀ!... POURQUOI?... RÉPONDS! POURQUOI?!?
ALORS, QUELQUE PART, QUELQUE CHOSE RONRONNA DOUCEMENT...
RRRRRRRRR...
...ET L'ARME D'AXLE DEVINT SOUDAIN BRÛLANTE...
AGITATION MOLÉCULAIRE... BONNE FAÇON D'INCITER QUELQU'UN À DÉPOSER LES ARMES...
?!?
ENFIN!... ALLONS, VIENS!
AXLE... TES QUESTIONS N'ÉTAIENT QUE DES QUESTIONS... TU SAIS, ON PEUT VIVRE AVEC DES QUESTIONS... MAIS PAS TOUJOURS AVEC LES RÉPONSES... J'AI PEUR!
38/12

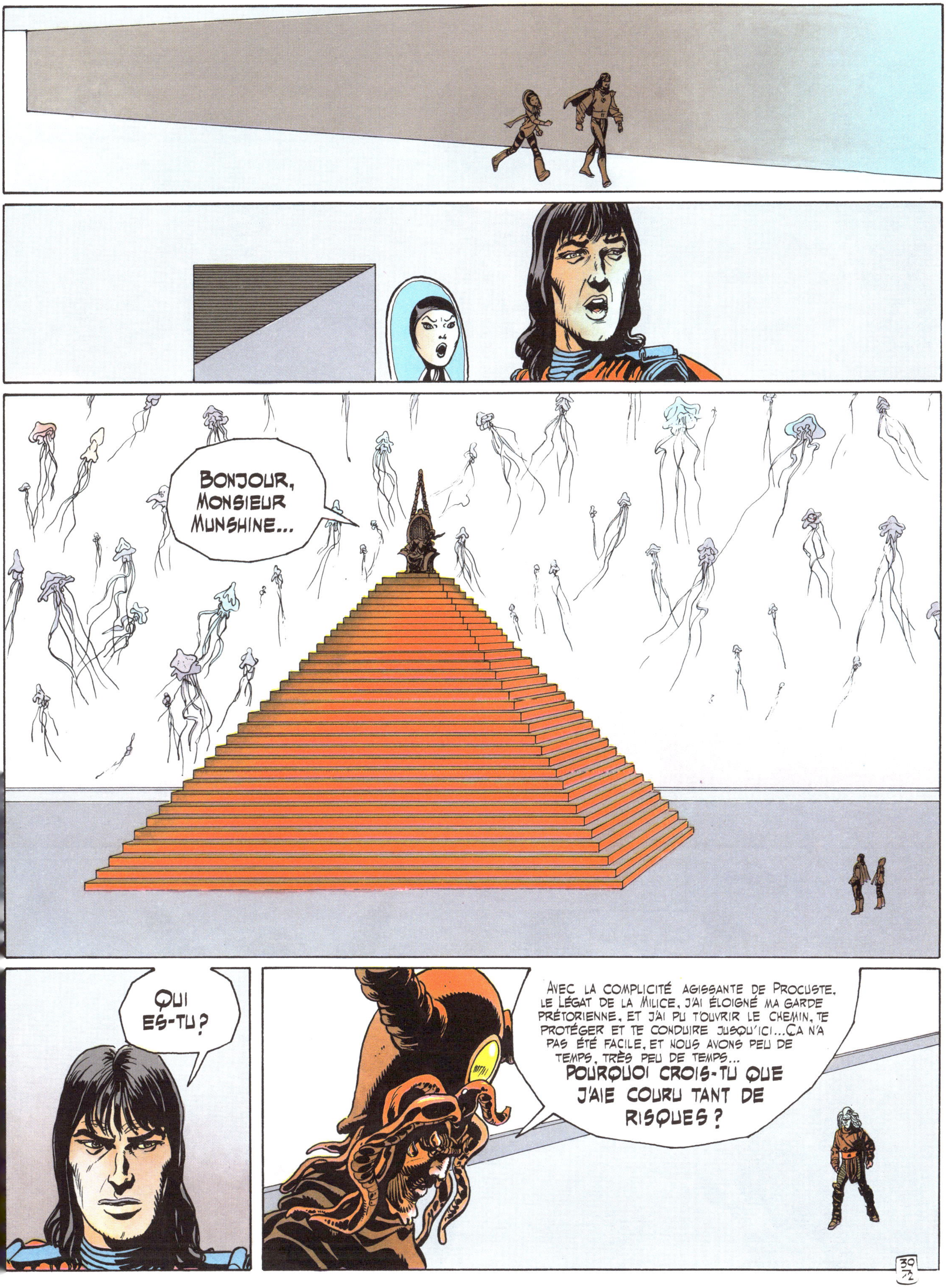
BONJOUR, MONSIEUR MUNSHINE...
QUI ES-TU ?
AVEC LA COMPLICITÉ AGISSANTE DE PROCUSTE, LE LÉGAT DE LA MILICE, J'AI ÉLOIGNÉ MA GARDE PRÉTORIENNE, ET J'AI PU T'OUVRIR LE CHEMIN, TE PROTÉGER ET TE CONDUIRE JUSQU'ICI... ÇA N'A PAS ÉTÉ FACILE, ET NOUS AVONS PEU DE TEMPS, TRÈS PEU DE TEMPS... POURQUOI CROIS-TU QUE J'AIE COURU TANT DE RISQUES ?

JE VEUX ENTENDRE LE SON DE TA VOIX, LORSQUE TU LE DIRAS OUVERTEMENT... JE VEUX T'ENTENDRE ME LE DIRE... TU AS PEUR DE TE TRAHIR?... RÉPONDS! QUI ES-TU?
ALLONS, APPROCHE... ENCORE ... PLUS PRÈS... QUI JE SUIS?.. TU LE SAIS BIEN...
GRAND KÔHM! LA GARDE REVIENT SUR SES PAS!... LE PRÊTORE S'EST APERÇU QU'IL ESCORTAIT UN BLINDÉ VIDE, ET UN INFORMATEUR LUI A DÉJÀ APPRIS, PAR TÉLÉVID, QU'IL SE PASSAIT ICI DES CHOSES INHABITUELLES... ILS SERONT LÀ DANS QUELQUES INSTANTS...
QUI ES-TU?
JE SUIS KORIAN, AXLE!!!
40/72

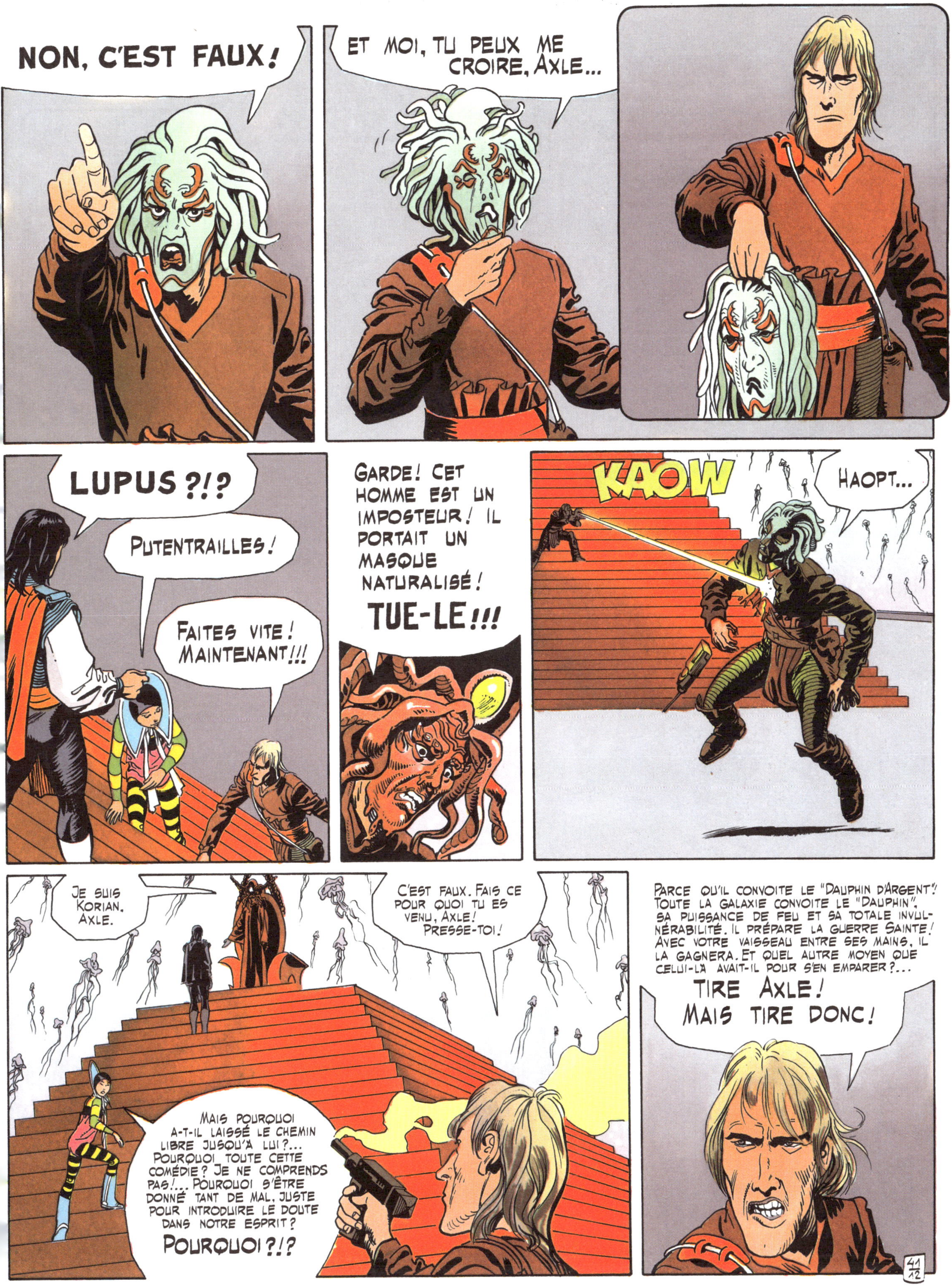
NON, C'EST FAUX!
ET MOI, TU PEUX ME CROIRE, AXLE...
LUPUS ?!?
PUTENTRAILLES!
FAITES VITE! MAINTENANT!!!
GARDE! CET HOMME EST UN IMPOSTEUR! IL PORTAIT UN MASQUE NATURALISÉ!
TUE-LE!!!
KAOW
HAOPT...
JE SUIS KORIAN, AXLE.
C'EST FAUX. FAIS CE POUR QUOI TU ES VENU, AXLE! PRESSE-TOI!
MAIS POURQUOI A-T-IL LAISSÉ LE CHEMIN LIBRE JUSQU'À LUI?... POURQUOI TOUTE CETTE COMÉDIE? JE NE COMPRENDS PAS!... POURQUOI S'ÊTRE DONNÉ TANT DE MAL, JUSTE POUR INTRODUIRE LE DOUTE DANS NOTRE ESPRIT?
POURQUOI ?!?
PARCE QU'IL CONVOITE LE "DAUPHIN D'ARGENT"! TOUTE LA GALAXIE CONVOITE LE "DAUPHIN", SA PUISSANCE DE FEU ET SA TOTALE INVULNÉRABILITÉ. IL PRÉPARE LA GUERRE SAINTE! AVEC VOTRE VAISSEAU ENTRE SES MAINS, IL LA GAGNERA. ET QUEL AUTRE MOYEN QUE CELUI-LÀ AVAIT-IL POUR S'EN EMPARER?...
TIRE AXLE! MAIS TIRE DONC!
41 12

TOUT CELA EST VRAI, AXLE. POUR LUTTER À ARMES ÉGALES AVEC LA GUILDE, CONTREBALANCER SON TERRIBLE POUVOIR ET SON EXPANSIONNISME FORCENÉ, IL ME FAUT LE "DAUPHIN"... IL A ÉTÉ CONÇU POUR N'OBÉIR QU'À UN SEUL MAÎTRE, ET TOI SEUL AS LE POUVOIR DE LE TRANSMETTRE... TOI SEUL !...
IL EST À MOI. DONNE-LE MOI. JE SUIS KORIAN...
AXLE ! TOUT VA ÉCHOUER ! IL FAUT TE DÉCIDER. TIRE !
LA VÉRITÉ... JE VEUX CONNAÎTRE LA VÉRITÉ. TON VISAGE. JE VEUX VOIR TON VRAI VISAGE...
LA VÉRITÉ ? ÇA N'EXISTE PAS. ET PUIS, QU'IMPORTE UN VISAGE... IL N'Y A QUE DES MASQUES. RIEN QUE DES MASQUES...
LES VOILÀ ! JE LES ENTENDS !
SI TU ES KORIAN, TU M'AS FAIT CE QUE JE SUIS. TU PRÉVOIS CHACUNE DE MES PENSÉES, ET TU SAIS TOUJOURS AVANT MOI CE QUE JE VAIS FAIRE...
DOUCEMENT. LE TEMPS A PASSÉ, ET TU M'AS ÉCHAPPÉ...
SI TU ES KORIAN, TU SAIS DONC QUE JE N'AI PAS LE CHOIX, ET TU AS PRÉVU QUE POUR SAVOIR JE DOIS TIRER...
TIRER ?!? MAIS AVEC QUOI ?
LA MICRO-SARBAK ! (*)
(*) Arme de "braco des vilses", pour la capture des masques vivants, en peau humaine, chargé de flèches de corne. Indétectable. Lire : "LE MASQUE DE KÔHM".
42 12

AVEC ÇA.
FLPT
AAAARRGG...
HMNHNN...
FRRR... FRFF FFFFF...
PLANG
FOU!... TU VOULAIS LA VÉRITÉ...
LA VOILÀ!
ELLE REVIENT DÉJÀ À LA VIE... PAR LES DIEUX DE L'ENFER, QU'ON ME DONNE LA FORCE...
43 12

SCHAFT
IL NE NOUS RESTE PLUS QUE QUELQUES SECONDES... JE T'EN SUPPLIE... RÉPONDS-MOI !... QUI ES-TU ?
RIEN. PLUS RIEN.
ON VIENT DE M'ÉCARTER DU PALAIS PAR UNE RUSE... JE L'AI VITE ÉVENTÉE... HOLÀ ! VOILÀ BIEN DU REMUE-MÉNAGE, ICI... QUE SE PASSE-T-IL, GRAND KÔHM ?
MHMNHN...
PEU DE CHOSES. RIEN QUI VAILLE LA PEINE QUE TU T'ÉCHAUFFES LA CERVELLE, PRÉTORE. TU AS TROP D'IMAGINATION. ON N'A PAS CHERCHÉ À T'ÉCARTER. J'AI CHANGÉ D'AVIS, C'EST TOUT...
ET CEUX-LÀ ?
DES ENVOYÉS SPÉCIAUX. MES HÔTES. TU RÉPONDS D'EUX SUR TA VIE...
BIEN. ET CELUI-CI ?
UN EFFACÉ, TOUT FRAIS. DÉBARRASSE-T-EN, COMME IL CONVIENT.
44/12

KORIAN ÉTAIT INFAILLIBLE, AUTREFOIS... MAIS POURQUOI DEVRAIT-IL L'ÊTRE ENCORE AUJOURD'HUI... TANT DE TEMPS A PASSÉ... DIEU! COMMENT AI-JE PU?... QU'AI-JE FAIT?!?...
ATTENDEZ! PAS SI VITE!... QUEL SORT LUI RÉSERVE-T-ON?
LE MÊME QU'A TOUS LES EFFACÉS QUI ERRENT À L'ABANDON... ON VA L'ÉVACUER SOUS LA SURFACE, ET IL DESCENDRA UN À UN LE MONDE DES DEGRÉS...
PAR LE SANG NOIR DE L'ENFER... C'EST AFFREUX... LA MÉDUSE... ELLE...ELLE ME DÉVORE LE VISAGE... AAAAH, JE SOUFFRE... DITES AU MÉDIAT QUE JE... ALLEZ-VOUS-EN! JE SOUFFRE...
...LUPUS, TERRIBLEMENT ÉPROUVÉ PAR L'ÉPREUVE DE LA SYMBIOPOSSESSION, DISPARUT POUR SE REMETTRE. AXLE ET MUSKY DEMANDÈRENT À PARTIR. ON LES RECONDUISIT, À BORD D'UNE GRANDE BARGE MILITAIRE, JUSQUE SUR PRIMUS III...
5103
...ILS Y RÉCUPÉRÈRENT LEUR CANOT, ET RÉINTÉGRÈRENT LE "DAUPHIN"... DÉJÀ, PARTOUT, LA GUILDE RÉPANDAIT LA NOUVELLE...
45
12

MAIS AXLE N'EN AVAIT QUE FAIRE... ILS REPRIRENT LA ROUTE, AU HASARD. TOUTES LES NUITS, AXLE DÉLIRAIT...
BONJOUR, CAP'TAINE MAGH-RHUGLLL...
BONJOUR, MADEMOISELLE. VOUS EN AVEZ MIS DU TEMPS À NOUS CONTACTER... DITES À AXLE QUE LE MÉDIAT EST HEUREUX DE LE SAVOIR SAUF, ET QU'IL LE FÉLICITE ...DITES-LUI AUSSI QU'IL PEUT PRENDRE SES 30 MINUTES V.L. SOL DE "L'AUTRE CÔTÉ" QUAND IL LE VOUDRA...
IL LE SAIT. MAIS IL N'EST PAS PRESSÉ DE TOUCHER SON SALAIRE... PLUS TARD, PEUT-ÊTRE, QUAND IL SERA EN ÉTAT... VOUS SAVEZ, CETTE INCERTITUDE LE RONGE...
AXLE ÉTAIT BRISÉ. UN MATIN, MUSKY L'ENTRAÎNA DE FORCE DANS LA CLAIRIÈRE...
...ET SE BAIGNA LONGUEMENT DEVANT LUI...
TU SAIS, AXLE... JE PEUX FAIRE VOLER TON ANGOISSE EN MORCEAUX, ET TE REDONNER GOÛT À LA VIE, SI TU VEUX... J'EN AI LES MOYENS...
JE N'AI PLUS LA FORCE DE TE RÉSISTER, PETIT CLOWN... FAIS CE QUE TU VEUX.
ELLE SUT QU'ELLE POUVAIT ENFIN EN DISPOSER À SA GUISE, COMME ELLE EN RÊVAIT DEPUIS LONGTEMPS. ELLE SUT AUSSI QU'ENSUITE PLUS RIEN NE SERAIT COMME AVANT. ELLE AVAIT TREIZE ANS DEPUIS TANT DE TEMPS... ELLE HÉSITA...
Godard
RIBERA
FIN